KB071108

내 곁으로

내 곁으로

박각순 시집

책만드는집

언제부터인지 알 수 없지만
가끔 나를 "시인님" 하고 불러준다.
참말로 내 얼굴이 두껍지만 빨개진다.
그래도 기분은 참 좋다.

한 편의 시를 써놓고 그럴듯하여
기분 좋아 늦은 밤 홀로 축배를 마실 때의
그 기분은 글 쓰는 사람 아니면 모를 것이다.

세 권의 시집을 내놓고
다시 한 권의 시집을 엮어본다.

부족한 나를 지도해주시는 신병은 교수님,
곁에서 이것저것 가져다 먹여 살리고
바쁜 나날 속에서도 해설까지 써주신 광주전남시조시인협회
회장 백학근 형님,
책만드는집 김영재 형님, 이성희 편집장님,
모두에게 깊은 감사를 드린다.

2017년 여름
박각순

|차례|

2부

4부

1부

백운사 진달래

봄꽃들이 놀고 간
오월의 중순

따사로운 햇볕이
짙은 녹음으로 물들일 때
높은 곳에 묻혀 있는
백운사에 마음을 실었다

돌계단을 하나하나 밟으며
법당 뒤를 돌아볼 때
차가운 바위틈에
화사하게 치장한 처녀가
앉아 있는 듯

진달래 한 그루
가지마다 꽃을 듬뿍 매달았다

고목

가만히 그곳에 서 있었다
새들이 날아와 가지에 앉아
날카로운 발톱으로 옥좨도
강한 비바람으로 온몸을 두드려도

태풍이 나무를 뽑아내려고
온몸을 비틀며 뿌리째 흔들어도
좁은 바위 틈새 나무는
오래오래 가만히 그곳에 있었다

봄이 되니
고목도 나무라고
가지마다
힘 모아 꽃들을 내다 건다

오월

바람 소리 사뿐사뿐 다가와
귓불을 간지럽히고
그 깊은 동굴에 뜨거운 입김 불어 넣고는
훨훨 날아 그림자 없이 도망갑니다

아카시아 향기
슬금슬금 걸어와
얼굴을 마사지해줍니다

붉은 장미
아침 이슬로 분단장하고
녹색 치마저고리 입고
살포시 가슴에 안기면

저 하늘로 두둥실 떠올라
뭉게구름에 오릅니다
여기저기 흘러가는 봄 속에 취합니다

성산공원

봄바람도 시들해지는 오월 말
나들이 한번 나가지 않고 잘 견디나 했더니
장미 향기 진동하는 성산공원에
그림자 한 쌍 그려놓는다

수십 종의 장미들 형형색색으로 만개하여
짙은 향기에
꿈속에 무지개 탄 듯
첫날밤 새색시 품에 안긴 듯
정신이 오락가락하는데
각시나비가 된 듯
이 꽃 저 꽃 찾아다니며
추억거리 남긴다

함께한다는 것
그 조그만 것이
먼 훗날 또 하나의 술잔이 되리라

봄꽃

겨울을 털어내고
봄에 피는 꽃들에게
어찌 서열을 매길 수 있으랴
크고 작고
저마다 세상 사는 이치가 다른 것을

겉보기가 예쁘고
향기가 짙은 건 금방 시들고
커다란 놈은 제 한 몸 지탱하기도
힘들어 낙화하고
조그만 녀석은
수줍어 수풀 사이에 숨어 피고

매화 줄기 같은 나도
봄 시 몇 수 지어 양팔에 매달아
봄 꽃놀이 즐긴다

봄비

바람에 날리지도 않으면서
조용하게 봄비가 창가에 부딪힌다

가까운 곳에서 봄꽃들의
속삭이는 소리가 들리는 듯
서로가 경쟁하듯이 꽃눈을 피워놓고 있다
부지런한 개구리 두꺼비는
벌써 짝짓기 사랑놀이 한창인데

아직도 침대 속에 숨어 숨바꼭질하는
내 속을 누가 들여다보면
아마도 나는 까무러치듯 놀라
펜대를 잡으리라

아직 나는 나의 봄비가 오기를 기다린다

오월의 장미

야~호
봄이다 외쳤는데
메아리 된 호호호만 울려 퍼진다
일찍 피는 꽃들이 무대에서 내려설 때
꽃의 여왕 장미가 화려한 레이스에
롱 드레스를 입고 무대를 장악한다

순간
객석의 많은 관중들이
향기에 취해
입장표를 사러 줄 서기 바쁘다
오월이다

가을 선물

창문을 비집고
살그머니 가을 향기 스며든다

용맹한 무더위도
세월 앞에 무릎 꿇는다

맞서 싸웠던 두 장수에게
푹 휴식을 취하도록 한다

한 발 한 발 느리게 오는 가을
설레는 마음이다

청산도

굽이굽이 돌고 돌아
서편재에 오르니
아리랑타령 흥이 겨워
어깨춤이 절로 난다

아~ 니~ 이
아니 놀지는 못하리라

주막에서 마시는
막걸리 서너 잔에
마음과 몸은 서편재 속으로 스며든다

오가는 사람들 구름 같고
황진이 술잔 받은 듯
얼굴마다 활짝 핀 꽃이다

지나온 길

더러운 발로 밟고
지나간 자리에도
파릇파릇 새싹이
무거운 흙을 밀어내며 솟아나고

탁한 눈길로 훑은 나무에도
예쁜 꽃들은 피어나고

밤새도록 창문을 두드리며
울부짖던 바람도
밝은 태양 아래 잠들고

지나고 지나면
바뀌지 않는 것이 어디 있으랴

구름

하늘에 하얀 뭉게구름
한 무더기
두둥실 흐른다
구름 지난 하늘
파란색이 진하다

미세먼지 휘몰아 열다섯 가마 담아 가고
햇빛 가려 노동자 땀 서 말 담고
어둑한 가슴속에 시원한 봄바람 닷 말 밀어주고
목마른 들녘 물 백 가마 뿌려주고
꿈꾸는 어린이 희망 한 섬 퍼주고

여기도 저기도 이리저리
놀면서 흘러간다

바람의 넉살

참 염치없는 놈이다
제 마음 기분 따라
큰 바람 만들어
구름 휘몰아
천지 사방 소낙비 내려
멀쩡한 산 깎아 내리고
강제로 이것저것 다 버리라 하고는
뱃놀이 시키는 놈이다
어떤 때는 가로수와 씨름해서 기어이
자빠트려 놓는가 하면
남의 집 장사가 잘되는 것이 부러운가
간판을 뜯어 팽개치고
지나가는 예쁜 여자 치마 들쳐 보고
힘없는 노신사 우산 까뒤집고
시장 바닥 할머니 좌판 날려버리고
들녘 비닐하우스 홀라당 벗겨버리고
기분 좋으면
일하다 지쳐 주저앉아 가슴을 풀어젖히면
살랑살랑 다가와 어루만져 기운을 주고
여기도 기웃 저기도 기웃
참 염치없는 놈이다

바람의 책갈피

여자도汝自島 가는 선착장 선술집
해는 여자도 너머
팔영산 머리에 걸터앉아 있고
파도는 흔들흔들거리며 춤추고
낮술에 취한 나도 추억을 마신다

끝없이 불어오는 바람
부서지는 파도
살아온 삶의 조각들
한 장 한 장 책갈피 되어
흩어지는 파도에 묻혀
바람 속으로 녹아든다

지는 해 뜨는 해

하늘엔 구름 한 점 없이
고흥 팔영산 너머로
뜨거운 태양이 자취를 감춘다

내일이면 다시
태양이 솟아오르고
그 태양에게
소박한 메시지를 보낸다

태양이 남해 섬 저 멀리서
붉게 타올라
팔영산 굽이굽이 돌아 넘어갈 때
얼굴에 구름 한 점 없이
소호의 용에 올라타고 솟아올라
하늘을 휘저어
이 땅에 먹구름 참비 되어 내려주길

시원하다

고흥 나로도를 지나
팔영산 자락을 훑어 오는
나그네 바람,
지나온 길 안부를 묻는다

본 것이 하도 많아
이것도 저것 같고
저것도 이것 같다

어쩌랴
근본이 없으니
눈앞에 보이는 것 모두가 허상인데
아침에 눈 뜨면 보이고
저녁 해 질 때면 슬그머니 사라지는

한 소쿠리 바닷물에 씻기운 바람
훌러덩 머리부터 뒤집어쓴다

시원하다

등대섬

어디로 갈까
이리저리 헤매다
선창가에 다다랐다
여기가 끝일까

넓은 바닷가
햇살을 받아 은빛 춤을 춘다
그래 바다로 가자

배를 탔다
선장도 항해사도 없는
노를 저었다
힘차게 저으니
이리 비틀 저리 비틀
그래도 앞으로 조금씩 배가 나간다

화려한 항구에 들러 손님도 태우고
암초를 피해가며
태풍의 거친 파도도
양손에 힘을 주고 노를 저었다

배에 탄 손님
다 내려주고
홀로 노를 저으며
안개 속 저 멀리
등대섬으로

산호 팔찌

삼복더위가
연일 나라를 통째로 찜통에 넣고 삶는다

영취산 계곡에서 흘러내리는
물과 산새들의 노래를 들을 겸
홍국사 그늘을 찾았다
대웅전 보수공사는 아직도 땀을 흘린다

팔상전의 문을 열고
시원한 바람을 몰고 들어가니
부처님이 빙그레 웃는다

옳거니 오늘은 뭔가 얻을 수 있겠구나
절을 올리고 관음경을 소리 내 읽으니
매미 소리도 새소리도 멀리 사라지고
무아의 상태로 마지막 장을 넘긴다

공양간에 들러 비워진 그릇을 채우는데
주지 스님 다가와
아무 말씀 없이

팔찌를 내 팔에 끼워주신다

옆의 총무 스님이
귀한 산호로 만들었단다

사성암

출발할 때는 하늘도 맑더니
광양을 지나면서 빗방울 흩뿌린다
섬진강 구례1교를 건너
벚꽃나무 사이를 지나
물안개 짙게 깔린 사성암에 올랐다

하늘 아래 기둥 세워 부처를 앉혀놓고
나무 관세음보살
나무 관세음보살
신우대 흔들어 독경 소리 들려준다

흥국사 돌탑

해가 바뀌어
흥국사 경내로
어질한 몸 하나 밀어 넣는다

법문 소리 요란하게
목탁 두들겨 귀를 뚫으려 애를 쓰나
산새들과 흐르는 물소리가
법문경을 녹여낸다

흩어진 돌 주섬주섬 모아
쌓은 탑
발원을 쌓고 쌓아
탑은 무게를 더해갈 것이다

숲 속 이야기

흥국사를 뒤로하고
영취산에 오르는 등산로에
엉덩이 내려놓기 좋은 바위에 걸터앉아
조용히 눈을 감고 호흡을 가다듬는다

바위
"하필 왜 나야 내 몸도 무거워 나들이 한번 못 가는데"
참새
"거봐 내가 멍청한 놈 하나 온다고 했잖아"
소나무
"니들 조용히 해, 저놈이 듣는지도 모르잖아"
참나무
"괜찮아 지가 알아도 어쩔 수 없어"
바위
"뭔 놈의 엉덩이 냄새가 이렇게 고약해"
계곡물
"내가 씻어서 보내면 괜찮을 거야"
싸리나무
"저놈이 정말 우리 말을 듣는가 봐"
단풍나무

"들으면 뭐 해 여기를 떠나면 그만인데"

모두
"그건 그래"

흥국사의 나날

영취산 자락에
터줏대감으로 앉아
이 골짝 저 골짝
조용히 눈 감고 훑어보며
이 방 저 방 부처 신선들 일해라 들볶는다

평생 배운 것이 독경이요 좌선이다
조용히 앉아 경문을 낭송하니
숲 속의 새들도 날아와 화음을 더한다

애써 찾아온 중생들
호주머니 털어 커다란 동냥 통에 넣으며
입으로는 "나무아미타불"
속으로는 '몇만 배로 돌려주십시오'

수백 년이 흘렀어도
답하는 건
오직 "나무 관세음보살"이다

잔상

지긋이 앙다문 이빨 사이로
한숨과 더불어 흘러나오는 잔상
바람 불면 흩어질까
떨어지는 낙엽에 올라타
구두 발자국에 짓밟혀 뭉개질까
퍼내고 떼어내도
끝없이 솟아나고 달라붙는다

무선공원 장미 향에 취해
떨어진 달일까
호수 안에 달 하나 들어 있다

함지박 속에서 자란 금목서

초가을
진남시장 상가
행복마트 앞길에
물 네댓 말 들어갈 함지에
금목서 한 그루가
시장 바닥에 주저앉아
눈물을 뿌리고 있다

시장에 먹을 것이 지천인데
얼마나 굶주렸는지 삐쩍 말라
앙상한 가지마다 눈물방울 매달고
지나가는 사람마다 손 벌려 구걸한다

어쩌다 한 번
지나는 사람이 얼굴을 들이밀고
물 한 방울 주지 않으며
애써 준비한 밑천
코로 듬뿍 담아 간다

함지박 속의 동백

도원사거리
부영아파트 2단지 5동 입구에
물 열 동이 들어갈 커다란 함지에
애기동백나무가
예년과 다르게
가지마다 꽃을 곱게 피웠다

이놈이 금년에 내가 물을 조금 줬다고
시위하는 건가
아니야 그건 아니고
아무래도 이놈이 죽으려고 용쓰는 것 같애

그냥 놔줄까
나도 아무도 관심이 없는데
저도 나도 세상 밖인데

꽃눈

야트막한 동산에 안겨 있는
우리 동네
흘러온 세월 저쪽

꽃이 피려고
꽃눈이 아침 이슬 머금을 때

나는 고향을
짚으로 엮은 쌀가마에 담아놓고
훌훌 떠나왔지
반백 년이 흘러서야
활짝 피었을 때
그 꽃들 보지 못한 아쉬움

지금은 향수에 젖은 가슴에
예쁜 꽃눈들만 맺혔어

2부

당신

당신,
나에게 오는 길이 그렇게도 힘이 드오

그럼 모두 잠든 시간에
달빛에 내 그림자 밟고 따라오세요

달빛 없을 땐 별들이
가리키는 길 따라오세요

나는 언제나
당신 한 발자국 앞에 있어요

그림자가 합쳐지면
그때부터 우리는 하나가 되죠

내 곁으로

꿈속에 향기를 담아
당신 곁으로
달려가려고만 했어
당신 곁에만 가면
다 되는 줄 알았지
무작정 달리고 달렸더니
어느덧 당신 곁에 왔어
그런데 그게 큰 실수야
양손에는 아무것도 없는
빈손이지 뭐야
순간
머리가 세상을 몇 바퀴 돌았지
내가 빈손으로
당신 곁에 있는 것보다
내가 큰 나무 된다면
당신이 내 곁으로 오지 않겠어
바로 그거야

맞잡은 손

지나는 수 세월 속에
우리가 두 손을 맞잡은 것이
얼마나 많을까

두 손을 마주 잡으면
두 눈도 질세라 마주 보고
두 손보다 위에 있다고
불타는 정열로 타오르며
뜨겁게 뜨겁게
도장을 찍었지

먼 훗날
뜨거운 정열은 사라져도
두 손을 감싸 안은 따뜻한 손길은
화롯불을 껴안은 듯
부드러움 속에
깊이 숨 쉬는 사랑이 있네

사랑

시작이라는 그 말
유월 장맛비가 훑고 지난 자리
안심산과 쌍봉산 옹달샘
연정을 연결하는 무지개 길일까

깊은 산길
한 송이 수선화가
지친 몸을 헐떡이며
서너 발짝 뒤에서 발버둥 친다

거문도 등대 앞바다
하얀 물거품을 물고
미친 듯이 달려들며
거품 사라지기 전에
또다시 물거품을 쏟아낸다

오작교 꽃길

여수 선소로 119길
오작교꽃집 앞길에는 늦봄부터 가을까지
가로수 밑 조그만 사각의 땅에
메리골드, 분꽃, 베고니아, 접시꽃, 호박꽃, 해바라기
갖가지 꽃들이
꽃집 주인의 정성을 먹으며
지나는 길손들의 사랑을 받는데요

가끔 오작교 주인은
아침에 속상해서 슬픔에 젖는대요
알고 보니 누군가가
밤새 몰래 화초를 뽑아 간대요
사랑하는 자식을 잃은 기분이잖아요
그래서 내가 가로수에게 뭐라고 했지요
앞으로 그런 사람한테는
그늘도 만들어주지 말고
한 뿌리 슬쩍 드러내어 발 걸어 넘어뜨리라고요

그대와 나

그대
내가 보고 싶다는 말은 하지 마라
나는
언제나 문을 열어놓고 그대 맞을 준비가 되어 있다
그대
나를 사랑한다는 말은 하지 마라
나는
당신을 처음 본 그 순간부터 사랑했다
그대
내 안부를 묻지 마라
나는
언제나 가녀린 당신의 어깨를 으스러지도록 안아줄 힘이 있다
그대
아무리 슬퍼도 울지 마라
나는
그림자 없는 밝은 미소를 매일 당신에게 선물할 수 있다
그대
무리하여 힘쓰지 마라
나는
항상 용솟음치는 힘이 있다

그대

영화에 나오는 멋진 주택을 탐하지 마라

나는

세상의 모든 좋은 집을 보고 설계하느라 조금 늦어질 뿐이다

그대여

세상에 아픔과 슬픔 없이 기쁨과 행복이 있겠는가

서로를 믿고 믿으면

우리도 모르는 사이 행복의 꼭짓점에 있을 것이다

하나

우리는 길을 걸을 때
손을 잡든 팔짱을 끼든 하나다

둘인 것 같으나 하나고
하나가 또 하나를 만들어 하나다

대화 속 주연은 둘이나
하나를 더해 하나를 만들어낸다

너와 나 하나가 되었듯이
그 하나가
깊은 사랑으로 또 하나의 사랑을 만든다

첫사랑

깊은 밤
창문을 두드리는 소리에
꿈속에서
임이 온 줄 알고
벌떡 일어나 창문을 더듬는다

기쁨의 잔상은 사라지며
허공중에 애잔한 여인이 웃는다

잊힐 듯 잊힐 듯 하면서
빗방울 속에 숨어들어
창문을 두드리는 너

오늘도
비어 있는 공간 속에 너를 더듬는 나
기타 줄 튕기듯 흐르는 빗소리에
애잔한 너의 노랫소리
가슴 저편에 네 심장 하나 뛰고 있다

중년의 사랑

당신을 사랑한다는 그 말이
왜 이렇게 어색할까
중년을 훌쩍 넘긴 나이에도
소년이 있는 걸까

달과 별과 놀다
이슬 먹고 피어난 눈부시도록 환한 장미,
당신을 보고 있으면
어디론가 우리 둘만 있는 곳으로
긴 여행을 떠나고 싶어도
당신이 돌아가자고 할까 봐
목적 없는 목적지를 찾지 못해
당신의 손을 잡지 못한다

속눈썹 그늘에 숨어 있는 아픔만
가슴 저편으로 옮겨놓는다

그냥 곁에 있으면 될 것을

짙은 녹음의 결실
화려한 드레스로 갈아입고
하나하나 추억을 내려놓으며
너만의 길을 걷는 나그네

어디까지 갈까
너도 나도 모르는

며칠은 끝없는 평원을
며칠은 깊은 산속을
바람에 몸을 맡겨 저 멀리

이런 거 저런 거 다 버리고
내 옆에 있으면

마지막 편지

너에게 가려고 새 구두도 사 신고
가슴에는 향기 짙은 꽃 가득 안고
눈은 총기 발랄한 영롱한 보석이 되었고
몸은 새 이불처럼 가벼우며 보드랍고
마음은 빙하도 녹일 만큼 따사롭고
거리에 나가면 모든 사람들 즐거움을 주었다

오직 하나 너만 빼고

너에게 가는 길이 그렇게 멀었을까
신발은 해져 물이 스며들고
꽃은 시들어 말라비틀어졌고
눈은 생선 눈 같아지고
몸은 한겨울 들판 허수아비 닮아가고
마음은 빈집 마루에 앉아 있다

이제는 나 홀로 너에게 가는 것
그것은 꿈에나 할 수 있다

그림자

좋아한다
무지무지 좋아한다
늘 함께 있고 싶다
허나 세상이 그리 만만치 않아
함께하는 시간도 많지 않다
그도 나도 불만이다

생각 끝에
당신 곁에
나 하나 심어놓자

언제 어디서나 무슨 일이든
늘 함께하게

인연

스쳐 가는 것은 무엇이고
머물다 간 것은 무엇일까

아련한 기억 속
달콤한 미소를 짓게 하는 것은
스쳐 가는 것이고
가슴속을 애태우며 아프게 하는 것은
머물다 간 흔적일까

수십 년 함께했던 벗들도
가슴속 한 귀퉁이 똬리를 틀었고
잠깐 스친 인연도 가슴에 못을 박고 떠나
스친 것도 머문 것도
가슴에 담아둔 뜬소문이다

나에게 시간을 줘요

나에게 시간을 줘요
당신을 사랑할 수 있는 시간을

저 황무지 들녘에 내 심장을 심으면
사방 실핏줄로 번져나가
봄이면 꽃이 피고
여름이면 푸른 들녘에 곡식이 자라고
가을이면 황금물결 일고
겨울이면 창밖 하얀 눈 바라보며
작년에 담근 핑크빛 와인을 즐겨요

봄이 멀지 않은 걸 당신도 알고 있지요
나의 봄맞이에 함께해주시지요

바람은 사랑을 몰고

따스한 바람이 대지를 흔들어
깊은 잠에 빠진 생물을 깨운다.
기지개를 하고 일어서는 잠꾸러기들이
뒤질세라 싹부터 틔워놓는 걸 잊고
꽃부터 피워놓는다

화려한 꽃을 오가는 벌들도
때를 만나 벌이가 만만치 않다

섬진강 강가를 찾은 나도
꽃비를 듬뿍 맞으며 향기에 취하고
나들이 나온 많은 사람들에게도
미소는 변함이 없다
얼음을 깨치고 달려온 바람은
온 누리에 사랑의 씨를 뿌린다

느끼다

잔잔하게 흐르는 너의 눈길이
내 가슴에 조그만 시냇물을 흐르게 하고
너의 뜨거운 눈길 받아 들면
깊은 골짜기 굽이쳐 흐르는 용골이어라
뜨거운 입김 한 입 받으면
나는 네 몸속에 녹아들어
너의 영원한 종이 되리라

파도

내가 그녀를 만나
혼이 반쯤 나가 바보가 되었을 때도
바닷가는 한 번도 같이 간 적이 없다
수십 년 세월이 흘렀건만
그녀의 잔상은 저 지겨운 파도같이
끝없이 밀려오고 밀려온다

"사랑은 연필로 쓰세요"
유행가 가사처럼
깨끗이 지워
밀려오는 파도에
눈가에 이슬이 맺히지는 않았을 텐데
바닷물이 싱거웠나
짭짤한 물방울 서너 개 보태준다

아픈 상처

깊은 산 장맛비
계곡물 흘러 폭포로 내리꽂듯이
그리움은 가슴속에서 울려
화살촉 되어 심장에 박힌다
화살 꽂힌 심장은 터질 듯 부풀어 오른다

기억 저편에 있던 그녀
생글거리며 다가와
화살촉에 그넷줄 매어놓고
왔다 갔다 그네 탄다

상처

비가 내린 비탈길은
한 발 한 발 내딛기가
얼음판 위를 걷는 것이다

어쩌다 한 번 미끄러지면
몸에 걸친 옷은
무궁화꽃이 떨어져 흙탕물에 잠긴다

옷이야 벗어 세탁을 하든
새 옷으로 갈아입든

한번 넘어지면
아무리 씻어도
상처 없는 아픔은 영원한 것이다

창

세월이 오는가
세월이 가는가
내가 기쁠 때도 오고
슬플 때도 오는 것을
기쁠 때는 붙잡고 싶고
슬플 때는 빨리 보내고 싶은 것
왔으니 갈 것이요
갔으니 새로운 것이 올 것이다
새로운 것을 맞이하는 설렘은
신방에 홀로 앉은 새색시가
신랑 기다리는 마음이다

새벽 동녘에서
여명이 밝아오면
새신랑 맞이하는 마음으로
하루의 창을 열리라

결실

하얀 뭉게구름 떠돌면
찜통더위도 구름 그늘 아래로 숨는다

삼복더위에 저만치 밀려나 있던 오곡백과도
기운을 되찾아 결실을 맺는다

인간도 별수 있으랴
청첩장이 배달 왔다

돌고 도는 세상
이제는 본격적으로 결실을 맺는 계절

나도 저만치 미뤄둔 글
시원하게 결실을 맺어보자

추억

달빛이 하얗게 부서져 내려
그녀의 고운 그림자를 뭉개버린다

별들이 안타까웠나 보다
뭉개진 그림자를
돌탑 쌓듯 하나씩 쌓아 올린다

달빛은 다시 뭉개고
별들은 다시 쌓고

달이 지쳐 힘을 잃어갈 때
별들도 하나둘 집으로 돌아간다

초등학교 가는 길

오 리가 넘는 길
꼬불꼬불

코스모스의 화려한 춤
빨간 고추잠자리

돌무더기에 엉성하게 자란 나무
오색 천이 가지마다 주렁주렁
귀신이 놀다 간 자리
맛난 과일 떡으로 주린 배를 채운다

토끼 한 마리

토끼 한 마리
폴딱폴딱 뛰어와
내 곁에 앉았네

깊은 산속 약수로
목욕을 했을까
새하얀 털들에 눈이 부시다

햇살 가득한 양지에
고운 풀 모아 자리 만들고
싸리나무 주어다 울타리 치고

생각만 해도 가슴 벅차
살포시 앉아
보금자리에 모셨네

나의 인생

네가 어디에서 왔는지
알려고 하지 마라
네가 어디로 갈 것인지도
알려고 하지 마라

어디에서 왔든
어느 곳으로 가든
네 주어진 삶 속에 스며 있다

네가 선을 베풀면
선한 곳에서 온 것이고
네가 질투하고 악한 마음을 가지면
악한 곳으로 갈 것이다

아침에 붉은 해가 솟아올라
창가를 밝히면
오늘은 누구에게 선을 베풀 것인지 생각하라
그리고 서슴지 말고 행하라

3부

창 안에 핀 꽃

깊은 밤
문을 열어달라고
바람 소리 창문을 두드립니다
잠을 포기하고
명상에 잠깁니다

흐르는 세월 속에
바람은 꽃씨 하나 가슴에 심어두고
꽃이 질 때면 찾아와
꽃씨 하나 다시 심습니다

나무는 하나인데
꽃은 가지마다 핍니다
매일 힘들게 꽃을 피워놓습니다

나도 꽃나무에게
무엇인가 줄 것을 찾아봅니다
하늘에 떠다니는 먹구름을
붓 끝에 듬뿍 찍어
마음 가는 대로 화선지에 그립니다

문인화

곁에서 숨만 쉬어도
화분 속 난잎들 하늘거리며 춤추고

바람 속에 그림자를 그리며
의지 강하다고 으스대는 대나무

화려하지 않으나
손바닥 안의 열기 따스한 국화로 피어나고

흰 눈 녹아내린 맑은 물 가슴 깊이 빨아들여
처녀의 볼같이 피워놓은 매화

내 안에 환하게 필 때까지
먹을 갈고 간다

묵향과 난

내가 다니는 서실에
화분 서너 개가 있는데
그중 난 하나가 내가 본 처음으로
꽃대를 힘차게 밀어 올리고 있다
수년 동안 보지 못했기에
신기하고 기대감이 감미롭다

봄이면 각종 미술대전이 열리는데
서실 분위기가 열기로 가득 차 묵향이 진동한다
그래서 그랬나 보다
저도 힘을 보태고 싶었는가 보다

아름다운 여인이 춤을 추는 듯
화선지 위로 살그머니 난향을 밀어 넣어
묵향이 천지에 가득하다

사군자

붓을 잡고 먹을 간 지 삼 년이다
화선지에 뿌려진 먹물이 수 동이

간혹 접하는 그림 속 사군자
이리저리 뻗쳐나간 난
바위 곁에서 솟아오른 국화
죽은 듯 거무스름한 가지에
화려한 처녀 볼의 매화
부러질지언정 굽히지 않는 죽

선인들이 풀어놓은 연결 고리를
한 자루 붓을 움켜쥐고 이어보려
짙어가는 묵 향기 속에

휴정서실

휴정서예학원
그곳에 발을 디민 지 삼 년
작년에는 정년퇴직한 을미년생들 세 명
금년은 병신년에 팔십이 넘은 면장님
환갑 나이의 예쁜 시청 과장님
사극에서 자주 보던 남자다운 포도청의 경찰관
신입 원생 세 명이 등록했다

떠나는 사람의 아쉬움
새로 맞이하는 사람의 즐거움
희비가 엇갈리는 속에서
오늘도 내일도 먼 훗날에도
지금과 같이 사람들이 오고 가는데

보낼 때도 한잔이요
맞이할 때도 한잔이라
가슴속 커다란 보따리엔
얼마나 정이 가득한지
이리 퍼주고 저리 퍼줘도
조금도 줄어들지 않는다

한 편의 시를 읽었다

한 번은 눈으로 읽고
두 번째는 소리 내어 읽고
세 번째는 마음으로 읽었다

그때서야 어렴풋이
해설이
눈앞에서 아롱거린다

아예 필사를 한다
이제야
한 편의 시를 읽었다고
말할 수 있겠다

지금부터

쓰고 배울 때는
많은 글을 읽고
좋은 글들은 필사를 하라고
귀가 따갑게 들었다

수년이 흐른 지금에야
시를 낭독하며
한 구절 한 구절 펜으로 적으니
멀리 있는 시인도
가슴에 다가온다

나무

수년 전
나무 한 그루 심었다
예쁘게도 잘 자라는 듯해서 기뻤다
하늘 높이 우거져 사람들의 쉼터가 되길

이 년이 지나면서 성장이 멈췄다
그동안 열심히 자랐으니 조금 쉬는가 했다
그렇게 믿었다

일 년이 지나도
이 년이 지나도
쉬는 것이 아니라 아예 성장이 멈췄다
어떻게 하면 잘 자랄까 고민도 했다
분재로 키울까 해
선인들의 흉내로 비싼 술로 거름을 했으나
한번 멈춰버린 나무는 꿀 먹은 벙어리다

도서관의 많은 시집과
신춘문예 당선 시집
시 줍는 법 시 먹는 법을

거름으로 밀어주니
이제야 깊은 잠에서 깨어나는 듯하다

굳은살

가운뎃손가락 마디에
굳은살이 박였다
손가락을 주무르며
"허, 이 나이에" 하면서도
얼굴은 웃음을 머금는다

밤잠이 없어
다른 이의 시를 며칠 필사하다 보니
이제는 습관이 되었다

깊은 밤 굳은살 덕에
위스키 몇 잔 홀짝거리는 재미도 좋다
그래 시인이 별거냐
사는 게 다 시인 것을

굳어버린 목

펜을 잡고 앉은 시간이
서너 시간이 지났으리라
어깨에서부터 팔목까지
찌릿찌릿 쥐가 난다

목을 좌우로 돌리니
자갈길 자동차 지나는 소리가 난다
언제부터 이랬는지는 알 수 없다

옆집 화장실 물 내리는 소리도
두런두런 소리도
자동차 지나가는 소리도
못 들은 지 오래다

안에 침도 말랐는지
깔깔한 입에
가시만 가득 물고 있는 듯하다
창 너머 취객의 노랫소리에 정신이 번쩍 든다
위스키 한 잔 입에 털어 넣으니
굳어버린 목이 풀린다

깊은 밤

펜을 놓고 의자를 돌려 몸을 깊숙이 묻으며
다리를 쭉 뻗어 탁자에 두 발을 올리니
느슨한 편안함이 한꺼번에 밀려와
몸의 기를 걷어내 무기력하다
어디선가 두런두런 소리가 들린다
누군가 티브이를 보는가 보다
신춘문예 당선 시 십여 편을 필사했으니
자정이 훨씬 넘었으리라
뱃속이 텅 비었다고
피켓을 높이고 아우성치는 소리가 들린다
이놈들을 독한 위스키로 확 쓸어버릴까
라면 국물을 뿌려버릴까
냉장고를 더듬어 이놈들의 요구를 들어줄까
생각이 생각의 꼬리를 무는 한밤이다

멀어지는 독자

머릿속 스쳐 가는 걸
붙잡아 나열하니 한 편의 시가 완성됐다

썩 괜찮아 보인다
복사하여 마누라한테 보이니
머리를 끄덕이면서도 이것저것 토를 단다
수백 편의 내 시를 읽고
집에 있는 많은 시집을 편독했다는 증거다
예전 마누라가 아니다

"당신 수준에서는 이해하기가 어렵지만 시인들은 다 이해해"
"그것이 문제야 그러니까 일반인이 시로부터 멀어지는 거야"

머리가 띵해진다

이별과 만남

사용하던 볼펜이 잉크가 다 되어
다른 볼펜을 손에 쥔다
좀 어색하고 익숙하지 않아
글씨가 마음에 들지 않는다

전 것은 꾹꾹 눌러 힘차게 썼는데
이것은 참기름을 발라놓았는지
스치기만 해도 잉크가 묻어난다
이놈과 친해지려면
한동안 헤매야 할 것 같다

함께했던 것들이 떠나고
새로운 것이 자리를 메우고
어느덧 익숙해지려면 다시 떠나고

나는 또다시 헤매고

예전 나는 어디로 갔나

휴정서실 평균 나이 칠십이 세
노친네들이 모처럼 지리산 노고단 산행길에 나섰다
성삼재에서 오르는 첫걸음부터 빙판이다
귀는 칼바람에 잘려 나가는 듯 아프고
장갑 낀 손도 감각이 둔해진다

부지런히 걸어 대피소에서
출출함을 한잔 술로 달래고
돌계단을 밟고 나무 계단을 밟아
돌탑이 쌓인 노고단 정상에 올랐다

정상에서 마시는 한잔 술은
옛 시인들을 흉내 내어 시 한 수 읊고
빙판길 걸으며 비틀대는 지친 몸
입으로는 천하를 비틀지만
후들거리는 다리는
불끈 움켜진 지팡이에 매달린다

금오산 휘돌아 오며

함께 공부하는 벗과 선생님을 모시고
돌산 금오산 등산로에 오른다
예전에 없던 풍차가 돌고 있다
날개 길이 십 미터가 넘고
어른 다섯이 안아도 안 될 기둥을 타고 앉아
돌고 있다

그림과 먼 곳에서 봤지만
가까이서 보니 거대하다
바람을 가르며 돌아가는 날개 소리가
여름밤 귀신이 내는 소리 같아 소름이 돋는다

거북이 등을 타고 앉아
탁 트인 바다를 바라보니
가슴속까지 시원하게 뚫린다

향일암은
광화문광장 촛불같이 만원이다
내려오는 길에
상가들 호객에 이끌려

말린 홍합 꼴뚜기 갓김치에
막걸리 서너 잔 걸치니 하루해가 작별 인사 한다

그릇

어디를 가든 내 그릇이 작다는 걸
안타까워했다
조금만 더 컸으면

그릇이 작아
부정과 단점만 눈에 가득했다
절에 가 법당에 앉아도
부처님의 가르침을 더 담을 수가 없었다

그릇을 키우려고
도서관의 책들을 무수히 두들기고
붓을 들어 화선지를 달궜다

많은 것을 담으려 욕심만 부렸다
내 그릇에 무엇이 담겨 있는지도 모른다
뭔가 가득 찬 듯하여 살펴보면 허공이고
손을 넣어 잡으려 해도
흐르는 물 잡은 듯 손바닥은 비어 있다

허무한 마음으로 주변을 둘러보니

이 세상 곳곳에 있어야 할 것들이 꽉 차 있으나
내 것이라고는 아무것도 없다

세상을 다 담으려고
큰 그릇을 가지려던 나
지금도 허공을 휘저으며 움켜쥐려고만 한다

빈자리

그때
차라리 없다고 말할걸
어깨를 펴 보이며
가슴을 쑥 내밀어
들어와 앉으라고 말할걸

그땐 조그마해서
그 사람이 앉아도 공간이
남아돌았는데
세월이 지나 몸집이 커지더니
빈 공간을 모두 채워버렸다

빈 공간이 있을 때가 좋은 건지
꽉 차 있는 지금이 좋은 건지
배부른 놈 헛소리 한번 흘린다

감기

기억에서도 사라졌던 놈이
내가 조금 힘들어 할 때
수십 년 만에 찾아왔다
문지방에 한 발을 밀어 넣고 버티는 힘이
예전 놈이 아니다

따끈한 생강차에
후식으로 용각산을 내놓고는
그간의 안부와 찾아온 용건을 묻는다

요즘 사람들은 어찌나 야박한지
빌어먹기도 빌붙어 살기도
보통 힘들지가 않단다
먼 데서 들려오는 소리가
허구한 날 술잔치를 한다길래
옳거니 좋은 기회다 싶어
기별 없이 찾아왔단다

임신

사랑을 듬뿍 받은 나
세월이 흐르며 조금씩 배가 불러온다
즐겨 입던 옷들이
아쉬움 속으로 사라지고
멋없는 새 옷으로 바꿔 입으며
불러오는 아랫배만 한심스레 쓰다듬는다
육 개월 그쯤만 해도 그런대로 봐줄 만했다
이제는 칠 개월 넘어 팔 개월이 되니
몸은 무겁고 피부는 거칠고
얼굴은 붓고 기미 검버섯이 핀다

술을 줄이고 저녁을 굶자고
수없는 다짐을 하건만
오후만 되면 그놈의 술 귀신이
귓속을 간지럽히며 여지없이
술자리로 안내한다
나라에서 주세를 많이 냈다고
표창도 주지 않고
보해 진로 회사도 빙그레 미소만 짓고
불러오는 배만 쓰다듬으며
이제나저제나 산달만 기다린다

길고 긴 숙제

숙제장을 읽고 적으며
한 장 한 장 넘길 때면
뭔가 머릿속을 헤치며 지나간다
그냥 지나치지 말고
머릿속에 머물면 좋으련만
싸구려 술로 가득 찬 머릿속은
광명 같은 지혜의 빛살을
잡을 능력이 아직 없어
기억 저편으로 사라진다
끝없는 숙제장을 넘기고 넘겨보면
술잔은 비워지고
살아 숨 쉬는 자연이 가득 들어차겠지

그날을 기다리며 숙제장을 넘긴다

도둑

세월, 그 나쁜 도둑놈이
조금씩
아주 조금씩
나를 갉아먹고 있다

비워지는 만큼
가벼워져야 하는데
몸도 마음도 점점 무거워진다

가져가는 대가로
온몸
나이만 차곡차곡 쌓아놓는다

봄이라고 공짜로 안겨주건만
받아안을 힘조차 갉아먹어
그림 속 떡 보듯
침만 꿀꺽 삼킨다

구두

구두 뒷바닥 한쪽을
깊이 파먹은 놈은 알지만
나도 거기에 일조하여 허구한 날
놈들에게 자리를 빌어
밥 먹고 살았으니

나도 너이고
너도 나인데
누가 누구를 먹었다 하겠냐

세월 지나 이 나이를 먹으면
다 같은 나그네
어차피 닳아 헐거워진 구두
네가 신어도 맞고
내가 신어도 맞는 구두

오늘은 네가 신고
내일은 내가 신으면
그 구두 복 받은 거지

세월의 흔적

빛살같이 다가와서
가을 하늘 뭉게구름 흘러가듯
흔적 없이 사라지는 세월

아니,
어찌 흔적 없다 하겠냐
쟁기로 갈아엎은 듯
얼굴에 깊은 고랑 만들고
한 해 한 해 찍어놓은
검버섯 도장과 하얀 머리

세상을 다 감싸 안을 수 있었던 포옹도
지리산 천왕봉도 한걸음에
뛰어넘을 수 있었던 기운도
한 장 한 장 걷어간다

바닥에 놓인 몇 장
바람에 날려 갈까
두 발로 꾹 밟고 서 있으나
후들거리는 꼴이 비 맞은 닭이다

중절모

어느 집을 가든
방이나 마루 벽에
가족사진들이 액자 속에
담겨 있다

웃어른이
콧수염을 기르고 중절모를 눌러쓴
독사진으로 한 면을 차지했다

얼마나 멋이 있었는지
수십 년 세월이 흘러
나도 멋을 부리고 싶어
콧수염을 기르고
중절모를 눌러썼다

이리 보고
저리 봐도
지나는 개가
힐긋힐긋 쳐다본다

바람에 날리는 중절모
모두가 허공 속 애증이다

여명과 함께 달려오는 오카리나

귀를 간지럽히는 소리에
슬슬 잠을 털어낸다
어디선가 고음의 오카리나 소리가
흐느끼는 듯 하소연하는 듯
나를 부른다
소리가 놀라 달아날까 봐
기척도 하지 못하고
누운 자세로 온몸의 신경을 깨워
소리를 끌어당긴다
어느덧 나와 소리가 하나 되어
알 수 없는 세계에 빠져든다
세상의 모든 소리를 잠재우고
무아의 시간이 얼마나 흘렀을까
소리가 들리지 않는다
아무리 힘을 써도
끊어진 소리가 연결이 안 된다
또 다른 세포들이 나를 깨워
세상으로 밀어낸다

4부

달려가는 세월

두꺼운 파카가 부담스럽다 했는데
봄은 벌써 냉큼 달려와 가슴에 안깁니다
더불어 꽃향기도 콧속을 간지럽히고
움직이는 꽃들을 즐감하랴
눈은 화등잔만큼 커지고

끝없이 재생되는
봄 여름 가을 겨울
또다시 봄

쉬엄쉬엄 가고 싶은데
달려가는 세월은 너무도 빨라
몸은 지치고 늘어져
혹여 낙오될까 두렵기만 합니다

몸속으로의 여행

천 길 물속은 알 수 있어도
한 길 몸속은 알 수 없다
그 말 참 묘하다

남의 몸속은 알 수 없으나
내 몸속은
구석구석 뒤져보면 알 수 있을까

들어서면
뭔가 보이는 듯하여 깊이 보니
순천만 갈대보다 더 흔들리고
누에 실 고치 엉킨 것보다 더하며
석양 무지개 그 끝을 보는 듯하다

더 들어가면
담배 연기에 그을려
시꺼멓게 녹슨 길 따라가면
잠잠하고 순하던 곳에
해병 전투부대가 들어차 있다
여기저기

상처의 흔적만 낭자하다

예전처럼 상쾌하게 만들 수는 없을까
고민에 빠진다
더 이상 여행을 계속할 수 없었다

외인 출입 금지

넓은 바다 외딴섬도 아니다
깊은 산속도 아니고
드넓은 평원도 아닌
많은 사람 중 그 한 사람,
가슴을 빌려
조그만 집을 지어놓고
나의 명패를 붙였다

담장을 높이 쌓고
철 대문을 달까
여기는 나만의 집이라고
주변에 철조망을 설치할까

별똥별

오랜만에 유성이 하늘을 수놓는단다
세상에 덕도 쌓지 않은 내가
머리 가득 소원을 채우고 소호요트장을 찾았다

혼자 소원을 빌어볼까 하다가
양심에 찔려 지인들을 불러냈다

주변의 환한 불빛 때문일까
유성은 볼 수 없어 소원 하나 꺼내지 못한 채
빈 맥주 캔만 늘려간다

거북공원 나무

거북공원 한쪽 나무들이
비명을 지르며 죽어가고
남아 있는 나무들도 혹시나 뽑힐까
후들후들 떨며
옆 나무와 어깨동무로 뭉칩니다

몇 달 전 길 건너 나무들과
수십 년 함께했는데
해고장도 없이
밑동이 잘리고 뿌리째 뽑혀
어디론가 사라져 소식도 모르는데
그것이 지금 우리입니다

한낮 여름이면
젊은 연인들 놀러와
나에게 속삭이는 사랑 노래도
이제는 더 들을 수 없어
가슴 억장이 무너져 내립니다

장바닥

해가 서쪽 산 너머로 기울 때
어선 한 척
만선의 깃발을 올리고
고기를 푼다

이것도 저것도
여기도 저기도
풀어 헤쳐 놓지만
상한 비린내가 온 시장을 뒤덮는다

선주도 선장도 선원도
상해버린 고기 앞에
이리 비틀 저리 비틀
거친 파도 속을 헤치는 것보다 힘들다

겨울 풍경

찢어진 대나무 우산대를 다듬어 살을 만들고
예비 방문 창호지로 방패연을 만들어
어머니의 이불 꿰매는 굵은 실로 줄을 매어
뒷동산에 올라 하늘 높이 날렸다

어린 손으로 나무를 깎고 다듬어
밑에 못을 박아 돌에 문질러 갈아 팽이를 만들고
엄마가 양말 기워주려고 모아놓은
못 쓰는 천들 길게 잘라
나무 막대 끝에 매달아 팽이채를 만들었다
동네 앞 커다란 논에 가을 추수가 끝나고
물을 가두기 시작하면
겨울 내내 얼음 얼어
썰매도 타고 팽이치기도 했다

팽이 싸움 할 때 부딪쳐 넘어지는 내 팽이에
가슴 아플 때가 많았다

콩서리

가을 들녘이 누렇게 익어갈 때
땀 흘리며 운동회 연습하고
집에 가는 길
동네 아저씨가 부른다

아저씨의 특별 지시를 받고
콩대 밑을 잘라 바닥에 총총 꽂고는
마른 풀을 뜯어 콩대 사이에 끼워놓으면
아저씨가 성냥으로 불을 지핀다

순식간에 화르륵 불꽃이
콩대를 쓸고 가면
바닥엔 맛있는 콩 요리만 남는다

고향의 눈

이른 아침 창밖에
하얀 눈이 바람을 타고 내려온다

우산도 없이 넓은 농장 길을
발자국 수놓으며 걷는다

아련한 추억 속 영상들
차가운 눈조차 따스하게 지핀다

따뜻한 아랫목

소죽을 끓여내면
구들장이 달아오르며 아랫목이 뜨거워진다
솜이불 하나가 아랫목에 자리 잡으면
설 명절이 되기까지 우리 형제들은
이불 속에 발을 밀어 넣고 발장난을 쳤다
꽁꽁 언 발도
구멍 난 양말도 감쪽같이 사라진다
아랫목은 늘 웃음꽃이 피었다
입은 옷 그대로
꿈속을 헤맬 수 있는 아랫목이었다

엄마의 강

얼마나 깊을까
얼마나 넓을까

동네 또래와 싸우고 집에 오면
부지깽이로 맞으며 사춘기를 보내고
가끔 사고를 치고 오면
담벼락 무너지는 소리보다 더 큰 한숨으로
긴 밤을 지새우신 엄마

저세상에도 강물이 흐를까

그럼
지금도 내가 사는 것이 안타까워
깊은 한숨 쉬시는
엄마의 강은 깊어지고 있을까

엄마를 만나러 가다

엄마의 기일이다
새벽에 집을 나선다
고속도로를 시원하게 달려 산소에 오니
벌써 잡풀이 많이 자랐다
준비한 음식과 술을 따르고
엎드려 절을 하는데
코가 찡하며 눈물이 쏟아진다
살아생전 효도 한번 못 하고
나이 들어 눈물로 술잔에 간을 친다
마누라와 잡풀을 함께 뽑으며
지난날을 회상하다
저녁 무렵 큰집에 갔다
형님이 떠난 후에는 큰조카가
제사를 주관하는데 추도 예배로 한다
이런들 저런들 어떠리
나도 한 발짝 멀리 있는데

아버지

1945년 8월
밝은 태양 빛이 뜨겁게 내리쬐는 날
사십오 세의 노총각이 고국에 감격의 발자국을 밟았다
이제는 나라를 찾았으니
각자 고향으로 돌아가 가족과 집안을 돌보라는 어르신
충청도 삼태기 같은 조그만 시골 마을 장남으로 태어나
장년이 되기까지 안개 같은 삶을 사셨다
나이 오십에 나를 세상에 내놓고
쉰다섯에 동생을 내놓았다
육십에 나도 이제는 할 일 다 했다고 혼자만 느꼈는지
훌쩍 먼 곳으로 떠나신 아버지,
먼 곳에서 연속극 보듯 아버지의 세월 보고 계실까

손녀의 사랑

오랜만에 손녀들이
집 안 구석구석 사랑을 심는다

"할아버지 전화기 좀 줘봐요"
"왜"
"내가요 이쁘게 꾸며줄게요"
"아냐 할아버지는 안 해줘도 괜찮아"
"줘봐요"

이런 세상에
전화기가 만화에 등장하는
보석으로 치장되어 오색찬란하다

허허, 이를 어쩌나 하면서도
부끄럼 없이
남들 앞에 보란 듯 전화기를 들어 올린다

여보, 나 오 분만 업어줘

아침밥 숟가락 놓자마자
헬스 가방 들고 집을 나선다
"여보 세탁기 돌리게 셔츠 갈아입으세요"
현관을 나오다
"뭐 심부름할 것 있으면 말해"
"정말"
마누라의 눈에서 광채가 번쩍인다
"나 오 분만 업어주고 가"

아~
머릿속이 텅 비워진다

마누라를 업어준 기억이 언제였더라
그래 결혼 전 힘을 뽐내려 했을 때
그리고 또 신혼 때 회식 후 집에 가는 길에
술에 취해 강제로 업고 가다 넘어졌지
그리고 그러고는
기억이 나지 않는다

그렇게 쉽고 간단한 일을 수십 년간 하지 않았다

나의 따뜻한 애정 표현 하나가

아내의 생명수인 걸 까맣게 잊고 있었다

당신이 반찬

조촐한 밥상이다
아내가 미안한 듯 미소를 짓는다

여보, 웬 밥상이
이렇게 화려해

역시 당신의 식단은
임금님 밥상이야

마누라의 큰소리

마누라가 복날에 랄라랄라
이것저것 챙겨서 구례 계곡으로 놀러 갔다

나는 술친구들과 여기저기 기웃거리다
늦은 저녁에 집에 오니
집안 분위기가 침울하다
거실에 들어서니
씁쓰레한 미소로 깁스한 다리를 보여준다

"아니 어쩌다 그랬어
다쳤으면 빨리 연락을 해야지"
"이게 뭐야 나는 이 집에 뭐냐구"
울먹이며 계곡물에서 놀다 바위에 미끄러져
발가락이 부러졌단다

내가 잔소리 좀 하려는데
"당신 그러는 게 아니야
마누라가 다쳤으면 얼마나 아프냐며
그래도 다행이라고 위로를 해줘야지"
마누라가 더 큰소리다

휴일의 손님

중복이 며칠 지난 휴일 날
주정뱅이 나는 침대에서 일어나지 못하는데
계속 카톡 카톡 울린다
누가 땅을 파는데 도와달란다
바로 가겠다는 통화도 마치기 전
마누라의 짜증스런 목소리가 집 안을 울린다

"동생 가족이 온다는데 또 어딜 가려고"

이런, 어제 술이 과해 동생이 온다는 걸
깜박했구나
마누라의 지시로 대충 집 안을 정리했다

지저분한 수염을 염색하여 다듬고 서실로 달려가
부채에 난을 치고 바람에 날리는 죽을 그려 넣고
한자로 '덕문집경덥德門集慶'이라 쓰고
낙관을 찍으니 그럴듯하다

식사는 외식으로 하고 정담도 잠시
떠나보내는 동생 가족

잘들 가라 손 흔드는 팔이 쇳덩이처럼 무겁다
어린 시절 많이 괴롭혔던 못난 나는
빈 가슴에 바람만 가득 채운다

시집간 딸

추석 일주일 앞에
아버지 기일이다
다리를 다쳐 입만 살아 있는 아내

딸이 준비해 온다고
과일이나 준비하란다
해가 지고 어둠이 내려앉을 때
한 바구니 가득 들고 딸이 왔다

제사를 지내고
일어서는 딸의 뒤를 따라나섰다
혼자 갈 수 있으니 들어가란다

오랜만에 딸과 함께 걸으니
지난 세월이
아지랑이 되어 스멀스멀 피어난다

백년손님

딸아이 성장하여
예뻐져 갈 때
전봇대 같은 머스마
어느새 아들 되어
그 어느 음악보다 듣기 좋은
아버님 어머님

무료한 날들
한 아름 안겨오는
핼머니 해래브지
아파트가 복도가
천사들 노래로 시끌하다

명절이면
여기저기 다니며
좋은 술 골라
한 보따리 싸안고 오면
이것이 백년손님 맞이하는
즐거움이구나

신년 아침

.

붉은 태양이
처제의 머리와 가슴을 휘감아
날아왔다

에라
나도
붉은 해를
보자기로 감싸 안아
처제한테
냅다
집어 던졌다

영원한 벗

누가 나를 이곳에 오라고 했나
내 스스로 걸어와 여기에 섰거늘

한 점 바람도 친구 되어 동행하는데
한두 잔 부딪치며
너 어찌 소중하지 않으리

사십 년 넘게 깊이 사귀어
때로는 수없이 헤어지려 했었지
해가 서산 너머에 나앉으면
나는 네가 그리워 갈증으로 허덕이지

너를 만나
가슴 깊은 곳까지 네 정을 뿌리면
몸은 무거워도
이리 비틀 저리 비틀 세상이 아름답지

친구 찾아

또 다른 마음으로
고향 길을 더듬어 간다
아카시아 조팝나무들 지천이고
먼 산에 밤나무 꽃들이
훈훈한 신혼 방에 들어온 듯
남아 있는 호롱불을 간지럽힌다

그리운 얼굴들 볼까
설레는 마음으로
식장에 들어서니
반의반도 안 보인다

아쉬움을 뒤로하며
담에 또 만나세
두 손을 마주 잡은 손
허무에 지친 신우대 서걱대는 비명이다

살아 있었구나

전화벨 소리에
들여다보니 모르는 번호다

"여보세요 전화 받는 분 박정호 씨인가요"
처음 들어본 목소린데
내 소싯적 이름을 부른다
"네, 맞는데 누구신지"
"아~ 살아 있었구나
나야 만철이, 니 뒷집에 살던"

머릿속을 까맣게 만들다

고향을 떠나며 지웠던
수십 년 전 세월이 다시 주마등 되어 펼쳐진다

콧수염의 오해

오랜만에 친구를 초청해
저녁 먹으러 가끔 가는 식당에 들렀다
현관문을 열고 들어서는데
"혹시 중국인이세요"

내가 콧수염을 기르고
중절모까지 눌러쓰니 그렇게 보였는가 싶어
나도
"니하오마"
중국어로 인사를 했다

언제나 봄날 같은 일상

백학근 시인

박각순 시인은 2013년 『향기 속으로』, 2014년 『꿈속으로』, 2016년 『당신 곁으로』 출간 이후 이번 『내 곁으로』가 네 번째 시집이다. 등단하던 해부터 해마다 한 권씩을 펴낸 셈이니 우선 놀라운 일이라 할 것이다. 그러나 그에겐 그럴 만한 충분한 배경이 있었다.

박 시인은 계간 2013년 《문학춘추》 신인상으로 등단한 늦깎이 시인이다. 그는 전쟁이 한창이던 1951년 천안에서 태어나 유독 어린 시절을 힘들게 보냈다고 한다. 군 복무를 마치고 일자리를 찾아서 온 곳이 여수 석유화학공단이었는데, 한눈 한번 팔지 않고 정년까지 했다고 한다. 멀리 여수로 굴러와 오로지 한길 산업전사로서 청춘을 다 바쳐온 그 세월이 미루어 짐작이 간다. 만나고, 헤어지고, 그리워하고, 뒹굴었던 30여 년으로 그에겐 여수가 제2의 고향이 되었고, 오랫동안 차곡차곡 쌓아두었던 추억들이 휴화산처럼 잠자고 있다가 어느 날 활화산처럼 분출하여 씨앗이 되었으니, 가

품에 물을 만난 고기인 양 붓끝이 조금도 쉬지 않고 달리고 싶었을 것이다.

박 시인은 누구나 고향에 가면 만나는 동네 아저씨 같은 사람이다. 때와 장소를 가리지 않고 맞닥뜨려도 낯설지 않고, 무슨 말을 건네도 십년지기처럼 맘 편하고 반가운 상대로 비친다.

그의 작품 역시 마찬가지다. 지나친 꾸밈이나 기교가 없어 좋다. 시냇물이 조용조용 흘러가듯 군더더기가 없고 우리 주변의 일상에서 종종 나타나는 아쉬움이나 애틋한 정이 녹아 있다. 박 시인은 바로 이러한 점에서 새로운 공감을 주기에 충분하리라 본다.

나는 보았다 예쁜 옷 입고
나를 위해 밝은 미소 짓는 당신
너무나 예뻐 자랑하고 싶어
나만을 위한 모습이기에

강가에 펼쳐진 이젤에
핑크색 장미가 소담스레 피어나고
마셔버린 빈 찻잔 속에
사랑의 숨결이 숨어 있다
한순간에 둘러본 보금자리
장미 향 가득한 궁궐
한 발 들어서면
아늑한 꽃에 파묻힌다
―제1집 「향기 속으로」 전문

매화가 지천이다
노랑나비
줄기에 매달고
아지랑이 아롱아롱

봄 처녀
내 가슴도 꿈틀꿈틀
불타는 마음
항아리 가득
　　　　　－제2집 「꿈속으로」 전문

한 발 한 발
뚜벅뚜벅
당신 곁으로
발걸음을 찍는다

다 온 듯 손을 잡으려면
당신은
저만큼 멀리서 빨리 오라
손짓한다

어디까지 가야
당신 손을 잡을 수 있을까
　　　　　－제3집 「당신 곁으로」 전문

꿈속에 향기를 담아

당신 곁으로

달려가려고만 했어

당신 곁에만 가면

다 되는 줄 알았지

무작정 달리고 달렸더니

어느덧 당신 곁에 왔어

그런데 그게 큰 실수야

양손에는 아무것도 없는

빈손이지 뭐야

순간

머리가 세상을 몇 바퀴 돌았지

내가 빈손으로

당신 곁에 있는 것보다

내가 큰 나무 된다면

당신이 내 곁으로 오지 않겠어

바로 그거야

　　　　─제4집 「내 곁으로」 전문

　그동안 표제로 내세운 작품들이다. 제1집에서는 "나를 위해 밝은 미소 짓는 당신 / 너무나 예뻐 자랑하고 싶어" 한 마리 나비가 되어 꽃 '향기 속으로' 빠져들더니, 제2집으로 가서는 "매화가 지천이"고 "아지랑이 아롱아롱"하는 '꿈속으로' 달려가 꿈틀거리기도 했다. 한편 제3집에서는 '당신 곁으로' 서성거리다가 제4집에 이르러서는 '내 곁으로' 방향을 선회하고 있다. 당신과 나를 통하여 '곁'

이라는 값진 의미를 찾아내고 있는 것이다. "어디까지 가야 / 당신 손을 잡을 수 있을까" 고민하더니 "내가 큰 나무 된다면 / 당신이 내 곁으로 오지 않겠어"라는 생각으로 그동안의 감정을 솔직하게 드러내고 있다. 보는 대로 느끼는 대로 이처럼 쉽고 편하고 가식이 없는 게 박각순 시인이다.

뜻이 깊고 개성이 강하고 난해한 글들이 문학적인 가치가 더 높은 것처럼 더러는 말하고 있다. 그러한 주장을 틀리다거나 부정하고 싶지는 않지만 독자들로부터 점점 멀어지지 않게 하려면 박 시인처럼 이해하기 쉽고 정감 있는 글을 써야 된다는 생각이다.

바위틈에서 힘겹게 살아가는 연약한 나무들, 비바람과 태풍이 몰아쳐도 끈질기게 살아남은 고목 같은 사람들, 봄이 되니 가지마다 꽃등을 내다 걸었다는 발상 역시 쉽게 접할 수 있는 우리의 일상이다.

가만히 그곳에 서 있었다
새들이 날아와 가지에 앉아
날카로운 발톱으로 옥좌도
강한 비바람으로 온몸을 두드려도

태풍이 나무를 뽑아내려고
온몸을 비틀며 뿌리째 흔들어도
좁은 바위 틈새 나무는
오래오래 가만히 그곳에 있었다

봄이 되니

고목도 나무라고
가지마다
힘 모아 꽃들을 내다 건다
―「고목」 전문

한마디로 박 시인은 순수하다. 순수하기에 외로움을 더 타는지
도 모른다. 바로 옆에 가족이 있고 사랑하는 아내가 있어도 늘 옆구
리가 시린 모양이다. 어린아이처럼 엄마 품을 늘 그리워하고, 꽃을
찾아다니면서 사랑에 목말라하고 헤매고 방황하는 모습은 요즘 사
람들과 다를 바 없다.

잔잔하게 흐르는 너의 눈길이
내 가슴에 조그만 시냇물을 흐르게 하고
너의 뜨거운 눈길 받아 들면
깊은 골짜기 굽이쳐 흐르는 용골이어라
뜨거운 입김 한 입 받으면
나는 네 몸속에 녹아들어
너의 영원한 종이 되리라
―「느끼다」 전문

50년대 초반은 전쟁의 소용돌이 속에서 누구에게나 참담하고 어
려운 시절이었다. 지금은 추억 속에 가물가물하겠지만 '콩 서리'뿐
만 아니라 '수박 서리', '닭서리'도 있었다. 그때는 종종 벌어지는
'서리'가 짜릿한 재미라기보다는 허기를 달래는 수단이었다. 그래
서 그러한 행동에 대하여 관대했는지도 모른다. 주인에게 들켜도

요즘처럼 도둑으로 몰린다거나 잡혀가는 일은 거의 없이 해결되었다. 박 시인은 「콩 서리」를 노래하면서 불행했던 과거를 돌이켜보고, 「아버지」에서 아버지에 대한 연민의 정을 느끼고 있다.

가을 들녘이 누렇게 익어갈 때
땀 흘리며 운동회 연습하고
집에 가는 길
동네 아저씨가 부른다

아저씨의 특별 지시를 받고
콩대 밑을 잘라 바닥에 총총 꽂고는
마른 풀을 뜯어 콩대 사이에 끼워놓으면
아저씨가 성냥으로 불을 지핀다

순식간에 화르륵 불꽃이
콩대를 쓸고 가면
바닥엔 맛있는 콩 요리만 남는다
　　　　　　　　　　　　－「콩 서리」 전문

1945년 8월
밝은 태양 빛이 뜨겁게 내리쬐는 날
사십오 세의 노총각이 고국에 감격의 발자국을 밟았다
이제는 나라를 찾았으니
각자 고향으로 돌아가 가족과 집안을 돌보라는 어르신
충청도 삼태기 같은 조그만 시골 마을 장남으로 태어나

장년이 되기까지 안개 같은 삶을 사셨다
나이 오십에 나를 세상에 내놓고
쉰다섯에 동생을 내놓았다
육십에 나도 이제는 할 일 다 했다고 혼자만 느꼈는지
훌쩍 먼 곳으로 떠나신 아버지,
먼 곳에서 연속극 보듯 아버지의 세월 보고 계실까
—「아버지」 전문

    동서고금을 막론하고 '사랑'이란 단어는 가장 많이 입에 오르내렸을 것이다. 눈으로 볼 수도 없고 손으로 만질 수도 없고 오로지 가슴으로 느낄 수밖에 없는 것이 사랑이다. 그렇기에 더 높은 노력과 더 많은 인내가 필요하지 않을까 싶다. 박각순 시인 역시 오나가나 사랑 타령을 많이 한다.

당신,
나에게 오는 길이 그렇게도 힘이 드오

그럼 모두 잠든 시간에
달빛에 내 그림자 밟고 따라오세요

달빛 없을 땐 별들이
가리키는 길 따라오세요

나는 언제나
당신 한 발자국 앞에 있어요

그림자가 합쳐지면
그때부터 우리는 하나가 되죠
ㅡ「당신」 전문

부드러움 속에 / 깊이 숨 쉬는 사랑이 있네(「맞잡은 손」 부분)
거품 사라지기 전에 / 또다시 물거품을 쏟아낸다(「사랑」 부분)
애잔한 너의 노랫소리 / 가슴 저편에 네 심장 하나 뛰고 있다
(「첫사랑」 부분)
속눈썹 그늘에 숨어 있는 아픔만 / 가슴 저편으로 옮겨놓는다
(「중년의 사랑」 부분)

여자는 나이가 들수록 여자가 되어가고 남자는 나이가 들수록 아이가 되어간다는 말이 있다. 박 시인에게 딱 들어맞는 말이다.

봄 소풍 나온 초등학생처럼 늘 들뜬 기분으로 마음은 항상 봄 동산에 살고 있는 어린아이 시인 같다. 박 시인의 시편 중에는 매화, 진달래, 봄바람, 봄나들이, 봄비 등 봄을 소재로 하는 노래가 많다. "겨울을 털어내고 / 봄에 피는 꽃들에게 / 어찌 서열을 매길 수 있으랴"(「봄꽃」). 그렇지 아니한가? 첫돌 갓 지난 어린애 미소 같은 꽃들과 어울리고 싶은 생각들이 시인의 머릿속에는 늘 도사리고 있는 것이다.

겨울을 털어내고
봄에 피는 꽃들에게
어찌 서열을 매길 수 있으랴

크고 작고
저마다 세상 사는 이치가 다른 것을

겉보기가 예쁘고
향기가 짙은 건 금방 시들고
커다란 놈은 제 한 몸 지탱하기도
힘들어 낙화하고
조그만 녀석은
수줍어 수풀 사이에 숨어 피고

매화 줄기 같은 나도
봄 시 몇 수 지어 양팔에 매달아
봄 꽃놀이 즐긴다
—「봄꽃」전문

굽이굽이 돌고 돌아
서편재에 오르니
아리랑타령 흥이 겨워
어깨춤이 절로 난다

아~ 니~ 이
아니 놀지는 못하리라

주막에서 마시는
막걸리 서너 잔에

마음과 몸은 서편재 속으로 스며든다

오가는 사람들 구름 같고
황진이 술잔 받은 듯
얼굴마다 활짝 핀 꽃이다
ㅡ「청산도」전문

박 시인은 뒤늦게 기른 콧수염과 중절모를 쓰고 다니는 모습에서
그다지 쉬운 인상은 아니지만 남녀노소를 막론하고 먼저 손을 내밀
고 말을 섞는 정이 넘치는 사람이다. 두어 번 만나고 나면 누구라도
형님, 동생으로 말을 트고 편하게 어울리는 모습이 엿보인다.

누구나 가끔은 마시는 술, 혼술이건 낮술이건 한두 잔 마시는 그
자체가 순수한 멋이고 솔직한 여유라 할 것이다. 술이 없었다면 명
월 황진이가 구구절절 흥금을 울리고 사내들의 오감을 사로잡으면
서 오늘날까지 사랑을 받는 시조를 읊을 수 있었을까?

"마시면 신나고 즐겁고 행복한 것. 그래서 누구나 어울려 한잔하
는 재미, 그 재미로 인생을 즐기는 것을 누구라고 탓하고 힐난할 것
인가."

언젠가 술자리에서 얼핏 들은 얘기인데 꼭 박 시인을 두고 하는
말 같다. 술 좋아하는 사람치고 악인이 없다는 말이 있다. 포장마차
나 골목 선술집을 가리지 않고 한두 잔 나누면서 쉽게 가까워지고
그 속에서 일상을 더불어 즐기고 잘 익어가는 술꾼들은 맛깔스러운
사람들이다. 아주 평범한 주변 이야기를 들어주기도 하고 더러는
흥분하기도 하면서 밤을 지새우기도 하는 술자리라면 부럽지 않는
가. 비틀비틀 취한 걸음이 골목을 꽉 채우고 대문을 두드리다가 넘

어지면서 번개처럼 스치는 한 구절이 씨앗이 되고 그 조각들이 조금씩 모이고 엮여서 노래로 태어날 때 잔잔한 감동이 배가되지 않을까 생각한다.

하늘엔 구름 한 점 없이
고흥 팔영산 너머로
뜨거운 태양이 자취를 감춘다

내일이면 다시
태양이 솟아오르고
그 태양에게
소박한 메시지를 보낸다

태양이 남해 섬 저 멀리서
붉게 타올라
팔영산 굽이굽이 돌아 넘어갈 때
얼굴에 구름 한 점 없이
소호의 용에 올라타고 솟아올라
하늘을 휘저어
이 땅에 먹구름 참비 되어 내려주길
―「지는 해 뜨는 해」 전문

요즘 세상 잘 살아가려면 맨정신만으로는 어렵다지 않은가? 약간 취해도 보고, 빗속을 터벅터벅 걸어도 보고, 깊숙이 묻혀버린 속내를 쏟아내기라도 한다면 오히려 시원할 것이다.

박각순 시인에게는 자기만의 모범 답안이 있어 보인다. 행복은 머나먼 곳이나 무지개동산에 있는 게 아니고 가까운 곳에 있다. 그렇다고 거창한 것도 아니고 콩알만큼 자그마한 촉감에 들어 있는 듯하다. 바로 그러려니 하고 아주 작은 일에도 감사하고 만족할 줄 아는 시인의 가슴에 행복이 자리하고 있었다.

영취산 자락에
터줏대감으로 앉아
이 골짝 저 골짝
조용히 눈 감고 훑어보며
이 방 저 방 부처 신선들 일해라 들볶는다

평생 배운 것이 독경이요 좌선이다
조용히 앉아 경문을 낭송하니
숲 속의 새들도 날아와 화음을 더한다

애써 찾아온 중생들
호주머니 털어 커다란 동냥 통에 넣으며
입으로는 "나무아미타불"
속으로는 '몇만 배로 돌려주십시오'

수백 년이 흘렀어도
답하는 건
오직 "나무 관세음보살"이다
—「흥국사의 나날」전문

박 시인은 기질적으로 보아 햄릿보다는 돈키호테형에 가깝다. 언뜻 아이디어 하나가 불쑥 떠오르면 바로 행동으로 옮겨야 직성이 풀리는 그런 성품, 로맨티시스트이고 이상주의자가 아닐까 싶다. 그동안 먹고 사는 일에 얽매여 있다가 이제는 그동안 미루어두었던 하고 싶은 일을 마음대로 할 수 있는 때가 온 것이다.

전화벨 소리에
들여다보니 모르는 번호다

"여보세요 전화 받는 분 박정호 씨인가요"
처음 들어본 목소린데
내 소싯적 이름을 부른다
"네, 맞는데 누구신지"
"아~ 살아 있었구나
나야 만철이, 니 뒷집에 살던"

머릿속을 까맣게 만들다

고향을 떠나며 지웠던
수십 년 전 세월이 다시 주마등 되어 펼쳐진다
ㅡ「살아 있었구나」전문

틈나는 대로 둥지를 벗어나 시동을 걸어 여행을 떠나고, 고향을 찾아가고, 한잔 술에 새로운 친구를 사귀고, 서예를 배우며 글을 쓰고 사는 재미에 푹 빠진 사람이다. 동서남북으로 활개 치고 나다니며 언제나 봄날처럼 꿈을 갖고 사는 보헤미안이다. 가끔 남들에게는 주책을 떨고 있는 것처럼 보일지도 모르지만 대수롭지 않게 여기고 그저 하고 싶은 일 하면서 편하게 살고 자기 멋대로 산다. 나이 들어갈수록 어린애처럼 천진난만하고 그늘이 없이 사는 게 바로 박시인의 철학인 것이다.

참 염치없는 놈이다
제 마음 기분 따라
큰 바람 만들어
구름 휘몰아
천지 사방 소낙비 내려
멀쩡한 산 깎아 내리고
강제로 이것저것 다 버리라 하고는
뱃놀이 시키는 놈이다
어떤 때는 가로수와 씨름해서 기어이
자빠트려 놓는가 하면
남의 집 장사가 잘되는 것이 부러운가
간판을 뜯어 팽개치고
지나가는 예쁜 여자 치마 들쳐 보고
힘없는 노신사 우산 까뒤집고
시장 바닥 할머니 좌판 날려버리고
들녘 비닐하우스 홀라당 벗겨버리고
기분 좋으면
일하다 지쳐 주저앉아 가슴을 풀어젖히면

살랑살랑 다가와 어루만져 기운을 주고
여기도 기웃 저기도 기웃
참 염치없는 놈이다
―「바람의 넉살」전문

　좋은 시 쓰기의 출발은 진실성에 있다. 따지고 보면 글은 쓰는 게
아니라 적는 것이라 했다. "참 염치없는 놈"이란다. "치마 들쳐 보
고", "비닐하우스 홀라당 벗겨버리고", "여기도 기웃 저기도 기웃"
거리는 「바람의 넉살」은 익살스럽고 유머 넘치는 글이다. 무사태평
하면서도 평범한 우리 주변 이야기로 다가온다.

조촐한 밥상이다
아내가 미안한 듯 미소를 짓는다

여보, 웬 밥상이
이렇게 화려해

역시 당신의 식단은
임금님 밥상이야
―「당신이 반찬」전문

오랜만에 손녀들이
집 안 구석구석 사랑을 심는다

"할아버지 전화기 좀 줘봐요"

"왜"

"내가요 이쁘게 꾸며줄게요"

"아냐 할아버지는 안 해줘도 괜찮아"

"줘봐요"

이런 세상에

전화기가 만화에 등장하는

보석으로 치장되어 오색찬란하다

허허, 이를 어쩌나 하면서도

부끄럼 없이

남들 앞에 보란 듯 전화기를 들어 올린다

　　　　　　　　　　ㅡ「손녀의 사랑」전문

　「당신이 반찬」과 「손녀의 사랑」을 보면 시인의 가정이 훤히 들여다보인다. "당신의 식단은 / 임금님 밥상이야"라는 말은 하얀 거짓말일 것이다. 그렇지만 이를 싫어할 사람 있겠는가? 그의 매너는 늘 그럴 것이다.

　마누라 자랑은 팔불출이라고 핀잔 정도로 넘어가지만 손자를 자랑할 때는 5만 원권 한 장은 내놓고 해야 한다. 요즘엔 살아생전에 손자도 못 보고 눈을 감는 수가 허다하다. 그런데 "할아버지!" 하고 부르면 얼마나 귀엽겠는가! 아들딸 키울 때는 전혀 몰랐던 감정이 왜 할아버지가 되고서야 샘솟듯 솟아나는지 알 만하다.

　붉은 태양이

처제의 머리와 가슴을 휘감아
날아왔다

에라
나도
붉은 해를
보자기로 감싸 안아
처제한테
냅다
집어 던졌다
―「신년 아침」 전문

「신년 아침」은 우리의 평범한 일상이요, 단순한 주변 얘기다. 일가친척 모두가 반가운 소식 주고받으며 가깝게 살기를 누구나 바라겠지만, 그렇지 못한 경우가 많은 실정이며 더 늘어가는 현실인데 형부의 처제 사랑이 지극해 보인다.

박각순 시인은 말년에 호강스럽다. 사시사철 아내가 해주는 따뜻한 밥 먹고, 손녀의 사랑도 듬뿍 받는 환경에서 좋은 시인이 되리라 믿는다.

박각순

충남 천안 출생.
여수 석유화학단지 내 정년 퇴임.
전남대 평생교육원 문예창작 과정 수료.
2012년 《문학춘추》 시로 등단.
문학춘추작가회 회원. 전국문인회 여수지회 회원. 전남문인협회 회원. 여문돌 동인.
시집 『향기 속으로』 『꿈속으로』 『당신 곁으로』.

내 곁으로

—

초판 1쇄 2017년 9월 8일
지은이   박각순
펴낸이   김영재
펴낸곳   책만드는집

—

주소   서울 마포구 양화로3길 99 4층 (04022)
전화   3142-1585 · 6
팩스   336-8908
전자우편 chaekjip@naver.com
출판등록 1994년 1월 13일 제10-927호
ⓒ 박각순, 2017

—

ISBN 978-89-7944-624-1 (03810)